HISTOIRE DU SONNET

Tiré à 450 Exemplaires numérotés :

65 sur papier vélin ;

65 sur papier vergé ;

20 sur papier de Hollande.

———

N°

Imp. de Poulet-Malassis et De Broise.

HISTOIRE DU SONNET

POUR SERVIR

A L'HISTOIRE DE LA POÉSIE FRANÇAISE

Par CHARLES ASSELINEAU.

2ᵉ ÉDITION.

ALENÇON.

—

1856.

J'ai toujours pensé qu'il y avait un cha-
pitre d'histoire littéraire amusante à faire
sur le Sonnet. Et en effet, le Sonnet, indé-
pendamment de son importance littéraire,
a eu son importance historique.

Depuis le jour où le caprice d'un poète
inventa sa règle savante, on peut suivre à
travers les âges sa marche parfois inter-
rompue. On le voit se mêler aux évène-
ments, s'accrocher à des noms célèbres, et
quelquefois devenir cause lui-même et occa-
sionner, comme au temps des Jobelins et
des Uranins, de véritables émeutes. Parfois,
il a émigré, disparaissant dans un pays
pour aller florir dans un autre, et deux

grandes nations littéraires se disputent l'honneur de son invention.

Enfin, je n'ai jamais lu qu'on se fût battu pour une Ode, qu'une Élégie eût créé des dissensions, et le Sonnet, comme nous l'apprend Balzac, a partagé la cour et la ville et divisé la maison de France. Le commentaire de Saint-Hyacinthe sur un couplet de chanson n'a qu'un volume, et l'on ferait une bibliothèque de ce qui a été écrit, tant en prose qu'en vers, à différentes époques, pour, contre et sur le Sonnet.

On sait que Boileau a dit que le Dieu des vers

Voulant pousser à bout tous les rimeurs françois,
Inventa du Sonnet les rigoureuses lois.

Quant à moi, elles ne m'ont jamais paru tellement rigoureuses, et c'est indubitablement à sa coupe si heureuse, — véritable invention de génie — et à la perfection imposée par sa concision que le Sonnet a dû son succès et sa popularité.

Godeau, évêque de Vence, qui fut un

poëte distingué, allait encore plus loin que Despréaux : il prétendait que le règne du Sonnet n'est pas de ce monde et niait qu'on en pût faire de parfaits ; il était athée en Sonnet.

Il n'est pas douteux néanmoins qu'il ne soit fort aisé d'en faire de médiocres, à voir l'innombrable quantité de Sonnets répandus dans les œuvres des poètes français et et étrangers. Titon du Tillet, auteur du *Parnasse françois,* dit en parlant de Jodelle : « Il lui étoit fort ordinaire de prononcer des Sonnets sur-le-champ , et ceux de rencontre ne l'ont souvent occupé que le tour d'une allée de jardin. »

L'origine du Sonnet a donné lieu, dès le seizième siècle, à de nombreuses contestations. Quelques auteurs ont pensé qu'il était d'invention italienne.

M. Sainte-Beuve, un des derniers qui aient parlé du Sonnet, s'est laissé prendre à cette opinion lorsqu'il a dit :

Du Bellay, le premier, l'apporta de Florence.

Mais ce n'est là qu'une hérésie réfutée dès sa naissance par Etienne Pasquier, Michel de Nostradamus, Vauquelin de La Fresnaye, Antoine du Verdier, Lacroix du Maine, Henry Estienne, Scévole de Sainte-Marthe, et, après eux, par Colletet, l'académicien. Selon ce dernier, homme très-compétent (1), Du Bellay n'aurait fait que reprendre aux Italiens ce qu'ils avaient emprunté aux troubadours de la Provence, et ce que ceux-ci même avaient appris des poètes qui florissaient à la cour des premiers rois de France. Voici comment Colletet motive cette assertion qui a du moins le mérite d'être patriotique :

« Mais quoi que disent tous ces fameux autheurs touchant l'invention du Sonnet, je crois qu'il est bien encore de plus ancienne

______

(1) Colletet fut non-seulement un poète d'une certaine valeur, mais un des plus intelligents érudits que la France ait eus. La bibliothèque du Louvre possède le manuscrit des vies de cent trente poètes français écrites par lui, et cet ouvrage, composé vers 1620, donne à Colletet le rang de père de notre histoire littéraire.

date. Car je trouve que Thibaut VII, comte de Champagne qui fit une infinité de chansons amoureuses en faveur de la royne Blanche, mère du roy Saint Louis, témoigne qu'auparavant lui le Sonnet étoit déjà en usage, puisqu'il en fait mention dans ses vers :

> *Et maint Sonnet, et mainte recordie.*

» Or, ce Thibaut, comte de Champagne, et roy de Navarre, premier du nom, vivoit l'an 1226, déjà pour lors assez âgé, c'est-à-dire près de six-vingts ans avant Pétrarque, qui, comme je l'ai déjà dit, étoit, selon quelques - uns , le premier autheur des Sonnets, et environ soixante ans avant ce Bertrand de Marseille, ce Guilhem des Amalrics et ce Gérard de Bourneuil, qui en ont aussi passé pour les premiers inventeurs. Ainsi, il y a bien de l'apparence que ce sont les poëtes qui florissoient à la cour de nos premiers roys qui ont les premiers inventé le Sonnet. Et ce qui me confirme d'autant plus dans cette créance, c'est que le premier autheur du fameux *Roman de la Rose*, Guillaume de Lorris, qui mourut l'an 1260, sous le règne du même roy Saint Louis, témoigne que les François en avoient usé, lorsqu'il dit dans son fameux roman :

» *Lais d'amours et Sonnets courtois* (1). »

Une fois rentré en France, *rapporté* et non plus *apporté* par Du Bellay, le Sonnet devint la fureur, la passion de tout ce qui rimait à la cour de Henri II.

Du Bellay avait donné, sous le titre de L'*Olive,* un recueil de Sonnets en l'honneur de sa maîtresse ; on eut la *Francine,* de Baïf, recueil de Sonnets adressé à une dame; la *Claire,* de Charendal ; la *Castianire,* d'Olivier de Magny ; l'*Ariane* et l'*Artémise,* d'Amadis Jamin ; l'*Hyppolyte,* la *Diane* et la *Cléonice,* de Philippe Desportes, abbé de Tyron ; l'*Admirée,* de Jacques Tahureau ;

---

(1) G. COLLETET, *Traité du Sonnet.*

l'*Olympe*, de Jacques Grévin, médecin de Marguerite de France; la *Flore*, de Pierre Le Loyer; l'*Amalthée*, de Claude du Buttet. Enfin Ronsard, sous les noms de *Cassandre*, de *Marie* et d'*Hélène*, publia trois recueils de Sonnets amoureux, et Marc-Antoine de Muret, N. Richelet et Rémi Belleau, le chantre d'avril, commentèrent *Hélène*, *Marie* et *Cassandre*. Voilà donc les deux titres de la noblesse littéraire acquis au Sonnet : la vogue et le commentaire. N'oublions pas de consigner, pour compléter la litanie, le recueil de soixante et onze Sonnets politiques de Pierre Le Loyer.

Mais ce n'était là que le prélude de la gloire du Sonnet. Il n'avait passionné que les poètes; voici venir le temps où la passion devait gagner le public, et quel public !

Vers 1599, Honorat Laugier, sieur de Porchères, qui fut plus tard de l'Académie, composa sur les yeux de la duchesse de Beaufort, maîtresse de Henri IV, un Sonnet dont la vogue durait encore vingt ans après, et qui se retrouve imprimé dans tous les recueils de poésies galantes de l'époque. « Sa réputation, dit Colletet, s'étendit tellement en France, qu'elle en fit naître une infinité d'autres à son imitation. »

Je le cite comme un monument du goût qui régnait alors :

Ce ne sont pas des yeux, ce sont plutôt des dieux :
Ils ont dessus les rois la puissance absolue ;
Dieux ? Non ! Ce sont des Cieux, ils ont la couleur bleue
Et le mouvement prompt comme celui des cieux.

Cieux ? Non ! mais deux soleils clairement radieux,
Dont les rayons brillants nous offusquent la vue.
Soleils ? Non ! mais éclairs de puissance inconnue,
Des foudres de l'amour signes présagieux.

Car, s'ils étoient des dieux, feroient-ils tant de mal ?
Si des cieux, ils auroient leur mouvement égal.
Des soleils ? Ne se peut : le soleil est unique.

Eclairs ? Non ! car ceux-ci durent trop et trop clairs.
Toutefois je les nomme, afin que je m'explique,
Des yeux, des dieux, des cieux, des soleils, des éclairs.

Il faut ajouter qu'ici Colletet prend soin de nous avertir que ce qui fut alors une pièce rare et excellente pourrait bien aujourd'hui tomber dans le ridicule.

Nous trouvons mentionné avec détail, dans le livre de Colletet, le succès obtenu par un Sonnet d'Olivier de Magny à la cour de Henri II. Je transcris la page entière, à cause des particularités intéressantes qui s'y rencontrent :

« Comme Olivier de Magny, qui vivoit sous le règne de Henry second, écrivoit d'un style assez doux et même assez fleuri pour son siècle, il composa un grand nombre de Sonnets sur des sujets différens. Mais entre les siens il y en eut un qui passa pour un ouvrage si charmant et si beau qu'il n'y eut presque point alors de curieux qui n'en chargeât ses tablettes ou sa mémoire. Je ne feindrai point de l'insérer ici tout entier, puisque ses œuvres ne se rencontrent aujourd'hui que fort rarement. *Et puis il ne faut pas mépriser ces nobles esprits qui ont tant travaillé à défricher notre langue*

qui étoit avant eux si barbare et si inculte.
Voici ce Sonnet qui est un dialogue entre
l'autheur et Caron :

L'AUTEUR.

Holà! Caron! Caron! nautonier infernal!

CARON.

Quel est cet importun si pressé qui m'appelle?

L'AUTEUR.

C'est le cœur éploré d'un amoureux fidelle,
Lequel, pour bien aimer n'eût jamais que du mal.

CARON.

Que cherches-tu de moi?

L'AUTEUR.

Le passage fatal.

CARON.

Quel est ton homicide?

L'AUTEUR

O demande cruelle!

Amour m'a fait mourir:

CARON.

Jamais dans ma nacelle

Nul sujet à l'amour je ne conduis à val.

L'AUTEUR.

Eh! de grâce, Caron, conduis-moi dans ta barque.

CARON.

Cherche un autre nocher, car ni moi ni la Parque
N'entreprendront jamais sur le maître des Dieux.

L'AUTEUR.

J'iroi donc malgré toi ; car je porte dans l'âme
Tant de traits amoureux, tant de larmes aux yeux,
Que je seroi le fleuve, et la barque, et la rame.

« Je ne sais pas ce qu'en dira maintenant la cour, je sais bien que toute la cour du roy Henry second en fit tant d'estime que tous les musiciens de son tems, jusqu'à Orlande de Lassus, travaillèrent à le mettre en musique et le chantèrent mille et mille fois avec un grand applaudissement en présence du Roy et des Princes. »

On voit par cette citation que c'était déjà la coutume des courtisans, sous Henri II, de consigner sur leurs tablettes les vers à la mode ; c'est peut-être là le commencement de la manie des *Albums*.

Quant à la fantaisie de mettre les Sonnets en musique, ce qui peut sembler bizarre en raison de la forme même du poème, il paraît que ce fut aussi une mode à cette époque, car nous lisons plus loin : « Ils firent ainsi de la plupart des Sonnets de Ronsard, dont nous voyons encore la belle et curieuse tablature faite par Orlande de Lassus, Jean Maletté, Antoine de Bertrand, Giberton, C. Godinel, Gabriel Bony, Nicolas de La Grotte, valet de chambre et organiste du roi Henry III, et plusieurs autres excellens maîtres de musique, ce qui fut comme un heureux augure de leur éternité. »

L'histoire du Sonnet présente deux périodes d'éclat : au seizième et au dix-septième siècles.

Ronsard fut le roi de la première (1);

---

(1) « Quant aux sonnets de Ronsard, tout rudes qu'ils semblent aujourd'hui, on peut dire que le nom et la mémoire n'en périront jamais au monde. »
G. COLLETET, *Traité du Sonnet.*

nous verrons plus loin qui fut le roi de la seconde.

C'est au seizième siècle, dans la fureur de la nouveauté, que furent imaginées ces complications baroques, auprès desquelles n'étaient plus rien les difficultés qui rendaient sceptiques Boileau et l'évêque de Vence ; Sonnets *boiteux, acrostiches, mésostiches, bouts-rimés, retournés, lozangés, serpentins, croix de Saint-André*, etc., *nus, vêtus, commentés, rapportés*. Dans le Sonnet *acrostiche*, les premiers mots de chaque vers devaient former une phrase à part qu'on lisait perpendiculairement, de haut en bas ; dans le *mésostiche,* la phrase était formée par les derniers mots du premier hémistiche ou par les premiers mots du second. Le Sonnet *rapporté* était tranché en trois ou quatre phrases perpendiculaires.

Le *serpentin* devait ramener à la fin le premier vers, mais inversé, de façon, dit Colletet, « qu'à l'imitation du serpent, il semble retourner sur lui-même. » Enfin on composa des Sonnets *licencieux* ou *libertins*, où l'auteur feignait de violer les règles par emportement poétique ou par entraînement de passion. Baïf, Ronsard, Maynard et Malherbe en ont composé de semblables : on en cite même de Du Bellay « dont tous les vers courent à toute bride comme des chevaux eschappez, et n'ont aucune alliance de rymes l'un avec l'autre, témoin celuy-cy :

Arrière, arrière, ò méchant populaire
O que je hais ce faux peuple ignorant;
Doctes esprits favorisez les vers
Que veut chanter l'humble prêtre des muses (1). »

Le phénix, le merle blanc de la poésie difficile et compliquée est sans contredit le Sonnet suivant indiqué par Colletet dans la vie de Jean de Schelandre (2), et qui est à la fois *acrostiche, mésostiche, lozange* et *croix de Saint-André :*

---

(1) COLLETET, *Traité du Sonnet.*
(2) *Vies des poëtes français*, Mss.

SONNET EN ACROSTICHE,

Mesostiche, croix de St André et Lozenge,

Conté par syllabes.

ANNE DE MONTAVT
DONTANT VNE AME.

A Diuge à ma Cypris D'Amour la mer' et dAme
Non pOint la pomme d'Or Ou vN pareil honNeur
Ne rien d'iN a Ni mé Ni preseNt de seNteur
En vn au Tel si beau, Tout don vil Est infame.
Donn' ò br A ue pAssant Autre Don tout De flame
Et rieN de trop commuN Ni dE l'ex te ri Eur,
McTs y pour l'adorer TeMps trauail cœur et aMe
Ou sVr tout n'y a pOit Vn plVs cher que le cOeur :
Nul vien N'à semblaNt faux Nostre baNd' est saNs art ,
Tel sous vn fEinT discours Et re couuErT de fard
A bord' A ces beAu tés, A ceux lA l'on Adiouste .
Vous qVi feignez l'aMour M es Vrez vous au Mien ,
Tout hypocrit' est traistr' ET perira sans dou tE ,

DESTOVRNEZ TOVT AMANT QVI NE VEVT AYMER BIEN
A NE FEINDRE D'AYMER MON COEVR MONTRE LA ROVTE.

Saint-Amand se moque quelque part de ces Sonnets casse-tête :

> *J'ai vu qu'un Sonnet acrostiche,*
> *Anagrammé par l'hémistiche,*
> *Aussi bien que par les deux bouts,*
> *Passoit pour miracle chez vous.*
>
> (Le poëte crotté.)

Au reste, la réaction avait déjà commencé. Colletet lui-même en citant le Sonnet que nous venons de transcrire remarque que c'est là « un exercice monacal et indigne de la liberté d'un gentilhomme. »

A quoi Schelandre répondait fièrement :

Il est rude et contraint, si en fais-je grand cas,
Venez, doctes ouvriers (l'ignorant n'y voit goutte) ;
C'est un saut de défi, tous ne le feront pas,
Je ne sais ce qu'il vaut, je sais ce qu'il me couste.

Le Sonnet revenu italien d'Italie avait accrédité en France le goût de la littérature italienne.

De là prit naissance la secte, ou comme on dirait aujourd'hui, l'école des Pétrarquistes ou Pétrarquiseurs.

Du Bellay nous paraît quelque peu fatigué de cet engouement, qu'il avait lui-même provoqué, lorsqu'il dit :

J'ai oublié l'art de Pétrarquizer ;
Je veux d'amour franchement devizer.

Quoi qu'il en soit, et malgré Du Bellay, le goût italien continua de fleurir (1).

« On comparoit vers par vers, dit Pasquier, les Sonnets de Bembo et d'Arioste avec les imitations françaises de Ronsard, de Du Bellay, de Baïf » et d'Etienne Pasquier lui-même.

Nous trouvons dans ses *Recherches* un Sonnet de Bembo, imité par Baïf, Ronsard et Etienne Pasquier.

Un autre Sonnet d'un poète italien, dont Pasquier ne donne pas le nom, et commençant par ces mots :

O chiome parte delle treccia dòra
Sei chi se amor il taccio,

------

(1) Beaucoup de poètes de ce temps n'ont pas laissé de témoigner de l'impatience contre la tyrannie de cette mode italienne. Ainsi, La Mesnardière, dans la préface de ses œuvres, parle des écrivains de qui les sentiments *pleins d'esprit et de tours ingénieux sont infiniment éloignés de la basse et vile bouffonnerie de cet infâme et vilain burlesque dont tant de mauvais copistes des originaux italiens ont infecté depuis dix ans notre poésie.*

2

est traduit par Desportes :

Cheveux, présent fatal de ma douce contraire,
Mon cœur, plus que mon bras, est par vous enchaîné ;
Par vous je suis captif en triomphe mené,
Sans que d'un si beau rets je cherche à me défaire.

Je sais qu'on doit fuir le don d'un adversaire ;
Toutefois je vous aime, et me tiens fortuné
Qu'avec tant de cordons je sois environné ;
Car toute liberté commence à me déplaire.

O cheveux, mes vainqueurs, vantez-vous hardiment
D'enlacer dans vos nœuds le plus fidèle amant
Et le cœur plus dévot qui fut onc en servage.

Mais voyez si d'amour je suis bien transporté,
Qu'au lieu de m'essayer à vivre en liberté,
Je porte en tous endroits mes ceps et mon cordage.

Mais de tous ces Sonnets italiens, à qui la renommée ou le goût du moment a fait franchir les Alpes, il n'en est pas qui ait obtenu plus de succès que celui composé par Annibal Caro sur le réveil de sa maîtresse (1).

---

(1) Il commence par ce vers :

Eran l'aër tranquillo e l'onda chiara.

Ce Sonnet, imité lui-même d'une épigramme du poète latin Quintus Catulus, fut trouvé si beau en France, que tout ce qui tenait la plume, ou la lyre, si l'on veut, se piqua de le traduire.

Quelques-unes de ces traductions sont devenues fameuses sous la dénomination commune de *Sonnets de la Belle Matineuse*. Gilles Ménage mit le sceau à leur célébrité en composant une dissertation adressée sous forme de lettre à Conrart, et dans laquelle il examine les principales pièces de ce concours.

L'honneur en resta à Voiture et à Malleville, dont les vers balancèrent les suffrages de la cour et des gens de lettres.

Ménage nous apprend que, sollicité par Balzac de se mettre à l'ouvrage, « M. de Voiture s'en excusa longtemps sur sa paresse (et cette excuse, observe-t-il, me paraît fort légitime); mais enfin la paresse céda à la passion qu'il avait de plaire à M. de Balzac, et il lui envoya ce Sonnet :

Des portes du matin, l'amante de Céphale
Ses roses épandoit dans le milieu des airs,
Et jetoit dans les cieux nouvellement ouverts,
Ces traits d'or et d'azur qu'en naissant elle étale.

Quand la nymphe divine, à mon repos fatale,
Apparut et brilla de tant d'attraits divers
Qu'il sembloit qu'elle seule éclairoit l'univers,
Et remplissoit de feux la rive orientale.

Le soleil se hâtant, pour la gloire des cieux
Vint opposer sa flamme à l'éclat de ses yeux
Et prit tous les rayons dont l'Olympe se dore.

L'onde, la terre et l'air s'allumoient alentour ;
Mais auprès de Philis on le prit pour l'Aurore,
Et l'on crut que Philis étoit l'astre du jour.

» Ce Sonnet, ajoute Ménage, est admirablement beau : n'en déplaise aux Uranistes, il vaut mille fois mieux que celui pour *Uranie,* qu'ils ont tant prôné, et je m'assure que vous, monsieur (Conrart), qui étiez Jobelin, serez en cela de mon avis. Mais M. de Voiture, longtemps avant d'avoir fait ce Sonnet pour cette belle, qui au lever du soleil fut prise pour le soleil, en avoit fait un pour une autre belle qui, ayant paru dans un jardin à l'heure où le soleil se couchoit, fut prise pour l'aurore, et ce Sonnet, comme vous l'allez voir, est aussi une imitation de Caro :

Sous un habit de fleurs, la nymphe que j'adore
L'autre soir apparut si brillante en ces lieux,
Qu'à l'éclat de son teint, à celui de ses yeux,
Tout le monde la prit pour la naissante Aurore.

La terre en la voyant fit mille fleurs éclore;
L'air fut partout rempli de chants mélodieux,
Et les feux de la nuit pâlirent dans les cieux
Et crurent que le jour recommençoit encore.

Le soleil qui tomboit dans le sein de Thétis,
Rallumant tout-à-coup ses rayons amortis,
Fit tourner ses chevaux pour courir après elle,

Et l'empire des flots ne l'eût su retenir;
Mais la regardant mieux et la voyant si belle,
Il se cacha sous l'onde et n'osa revenir.

Voici maintenant le sonnet de Malleville :

Le silence régnoit sur la terre et sur l'onde,
L'air devenoit serein et l'Olympe vermeil,
Et l'amoureux Zéphir, affranchi du sommeil,
Ressuscitoit les fleurs d'une haleine féconde;

L'Aurore déployoit l'or de sa tresse blonde,
Et semoit de rubis le chemin du Soleil ;
Enfin ce Dieu venoit en plus grand appareil
Qu'il soit jamais venu pour éclairer le monde.

Quand la jeune Philis, au visage riant,
Sortant de son palais plus clair que l'Orient,
Fit voir une lumière et plus vive et plus belle.

Sacré flambeau du jour, n'en soyez pas jaloux :
Vous parûtes alors aussi peu devant elle
Que les feux de la nuit avoient fait devant vous.

Parmi les Sonnets rapportés par Ménage dans son commentaire il s'en trouve un second de Voiture, deux autres de Malleville ; les autres concurrents sont Francisco Rainerio, gentilhomme milanais, secrétaire de Paul III ; Ménage ; Marescal, de l'Académie française ; Tristan-L'Hermite, enfin, un anonyme, et de Rampalle qui, par exception, fit un madrigal au lieu d'un Sonnet.

La querelle des Jobelins et des Uranins marque la seconde période éclatante de l'histoire du Sonnet.

Voiture fut pour cette période ce que Ronsard avait été pour la première (1).

L'origine de cette querelle fut la rivalité des maisons de Condé et de Longueville, qui protégeaient, l'une Benserade, et l'autre Voiture.

« En envoyant à une dame de qualité une paraphrase du livre de Job, Benserade

---

(I) On peut voir dans la première édition des *Études sur les Femmes illustres de la société du* xviie *siècle,* par M. V. Cousin, les lettres de Mesdames de Longueville et de Bregy à propos de la querelle des deux Sonnets.

L'anecdote suivante, racontée par Tallemant, au sujet de Voiture et à propos de Sonnet, trouve naturellement sa place ici :

« Madame de Rambouillet l'attrapa bien lui-même. Il avoit fait un Sonnet dont il était assez content; il le donna à Mme de Rambouillet, qui le fit imprimer avec toutes les précautions de chiffres et d'autre chose, puis le fit coudre adroitement dans un recueil de vers, imprimé il y avoit longtemps. Voiture trouva ce livre que l'on avoit laissé exprès ouvert à cet endroit-là; il lut plusieurs fois ce Sonnet, il dit le sien tout bas, pour voir s'il n'y avoit point quelque différence; enfin, cela le brouilla tellement qu'il crut avoir lu ce Sonnet autrefois, et qu'au lieu de le produire il n'avait fait que s'en ressouvenir. On le désabusa enfin, quand on en eut assez. »

l'accompagna d'un Sonnet allégorique qui fit beaucoup de bruit (1). »

L'hôtel de Longueville ne voulut pas être en reste et produisit un Sonnet de Voiture, son poète, adressé à une dame sous le nom d'Uranie.

« L'importante question de supériorité entre ces deux Sonnets partagea la cour et la ville, comme on disait alors. Le prince de Conti se déclara le chef des Jobelins ; la duchesse de Longueville était à la tête des Uranins. Tous les bons esprits de ce temps-là prirent parti : Balzac, Sarrasin, Chapelain, Desmarest, La Mesnardière et le grand Corneille lui-même se prononcèrent pour ou contre. . . . . En général les hommes préféraient le Sonnet de Job, les femmes celui d'Uranie. Une des filles d'honneur de la reine, nommée la Roche-du-Maine, pressée de se prononcer, répondit qu'elle se déclarait pour Tobie. Ce mot réussit : il devint la réponse de tous

---

(1) Charles **Perrault** : *Eloges des hommes illustres.*

ceux qui n'avaient pas d'avis arrêté ou qui craignaient de le donner (2). »

On trouve dans le *Recueil de Sercy* (t. Ier) la plupart des pièces composées en vers et en prose pour ou contre ces deux Sonnets.

Nous avons vu tout à l'heure que Conrart était Jobelin ; Scarron l'était aussi, comme on l'apprend par un madrigal intitulé : *Cartel de défi sur les Sonnets de Job et d'Uranie,* où se trouvent ces vers :

> *En qualité de Jobelin*
> *Et de serviteur très-fidèle*
> *De feu Job, dont je suis très-indigne modèle,*
> . . . .
> . . . .
> *Je soutiens qu'on devrait laisser en patience*
> *Le Job qui de souffrir nous apprit la science,* etc.

La Mesnardière était Uranin ; c'est ce que font du moins supposer deux madrigaux assez équivoques qu'il adresse, l'un à la

---

(2) **Viollet-Leduc** · *Bibliothèque poétique.*

duchesse de Longueville, l'autre à la prin-
cesse Palatine.

Corneille se tira d'affaire à la normande
par le Sonnet suivant :

Deux sonnets partagent la ville,
Deux sonnets partagent la cour,
Et semblent vouloir tour à tour
Rallumer la guerre civile.

Le plus sot et le plus habile,
En mettent leur avis au jour,
Et ce qu'on a pour eux d'amour,
A plus d'un échauffe la bile.

Chacun en parle hautement,
Suivant son petit jugement,
Et s'il faut y mêler le nôtre :

L'un est sans doute mieux rêvé,
Mieux conduit et plus achevé,
Mais je voudrois avoir fait l'autre.

De toutes les pièces composées sur ce
sujet, la plus ingénieuse est certainement
la glose imaginée par Sarrazin, qui était

Uraniste, sur le Sonnet de Job. Cette glose est en quatorze quatrains dont chacun se termine par un des vers du Sonnet de Benserade. Elle est adressée à l'abbé Esprit, de l'Oratoire, frère de l'académicien, et qui en qualité de commensal de l'hôtel de Condé était Jobelin. Mais le texte avant la glose ; donnons d'abord les deux Sonnets :

SONNET DE BENSERADE.

Job.

Job de mille tourments atteint,
Vous rendra sa douleur connue,
Mais raisonnablement il craint
Que vous n'en soyez pas émue.

Vous verrez sa misère nue :
Il s'est lui-même ici dépeint.
Accoutumez-vous à la vue
D'un homme qui souffre et se plaint.

Quoiqu'il eût d'extrêmes souffrances
On voit aller des patiences
Plus loin que la sienne n'alla.

S'il souffrit des maux incroyables,
Il s'en plaignit, il en parla. . .
J'en connois de plus misérables.

SONNET DE VOITURE.

Uranie.

Il faut finir mes jours en l'amour d'Uranie,
L'absence ni le temps ne m'en sauroit guérir,
Et je ne vois plus rien qui me pût secourir
Ni qui sût rappeler ma liberté bannie.

Dès longtemps je connois sa rigueur infinie ;
Mais pensant aux beautés pour qui je dois périr,
Je bénis mon martyre, et content de mourir,
Je n'ose murmurer contre sa tyrannie.

Quelquefois ma raison, par de faibles discours
M'incite à la révolte et me promet secours ;
Mais lorsqu'à mon besoin je veux me servir d'elle,

Après beaucoup de peine et d'efforts impuissants,
Elle dit qu'Uranie est seule aimable et belle,
Et m'y rengage plus que ne font tous mes sens.

Voici maintenant la glose de Sarrazin :

Monsieur Esprit, de l'Oratoire,
Vous agissez en homme saint,
De couronner avecque gloire
Job de mille tourments atteint.

L'ombre de Voiture en fait bruit,
Et s'étant enfin résolue
De vous aller voir cette nuit,
Vous rendra sa douleur connue.

C'est une assez fâcheuse vue,
La nuit, qu'une ombre qui se plaint,
Votre esprit craint cette venue,
Et raisonnablement il craint.

Pour l'apaiser, d'un ton fort doux
Dites : j'ai fait une bévue
Et je vous conjure à genoux
Que vous n'en soyez pas émue.

Mettez, mettez votre bonnet,
Répondra l'Ombre, et sans berlue
Examinez ce beau sonnet,
Vous verrez sa misère nue.

Diriez-vous, voyant Job malade,
Et Benserade en son beau teint.

Ces vers sont faits pour Benserade,
Il s'est lui-même ici dépeint.

Quoi, vous tremblez, Monsieur Esprit?
Avez-vous peur que je vous tue?
De Voiture, qui vous chérit,
Accoutumez-vous à la vue.

Qu'ai-je dit qui vous peut surprendre,
Et faire pâlir votre teint?
Et que deviez-vous moins attendre
D'un homme qui souffre et se plaint?

Un auteur qui dans son écrit,
Comme moi reçoit une offense,
Souffre plus que Job ne souffrit,
Bien qu'il eût d'extrêmes souffrances.

Avec mes vers une autre fois
Ne mettez plus dans vos balances
Des vers où sur des Palefrois
On voit aller des patiences.

L'Herty, le Roy des gens qu'on lie,
En son temps aurait dit cela.
Ne poussez pas votre folie
Plus loin que la sienne n'alla.

Alors l'Ombre vous quittera
Pour aller voir tous vos semblables
Et puis chaque Job vous dira
S'il souffrit des maux incroyables.

Mais, à propos, hier au Parnasse
Des sonnets Phœbus se mêla
Et l'on dit que de bonne grâce
Il s'en plaignit, il en parla.

J'aime les vers des Uranins,
Dit-il, mais je me donne aux diables
Si pour les vers des Jobelins
J'en connois de plus misérables.

Balzac fit pour les Sonnets de Job et d'Uranie ce que Ménage avait fait pour les Sonnets de la *Belle Matineuse :* il se fit le rapporteur du procès.

Il est curieux de voir, dans la longue dissertation qu'il consacra à ce sujet, comment Balzac parle, après vingt-cinq ans écoulés, de ce débat qui l'avait tant passionné.

Il serait injuste, dans cette énumération des Sonnets célèbres, d'omettre le sonnet de

Desbarreaux sur la Pénitence, qui fit aussi beaucoup de bruit dans son temps.

Desbarreaux était un épicurien fort original. Il avait été lié dans sa jeunesse avec Des Yveteaux et Théophile.

Bayle cite de lui, entre autres particularités, qu'il se plaisait à changer de domicile selon les saisons de l'année, fantaisie qui, pour le dire en passant, m'a toujours beaucoup séduit.

« Quatre ou cinq ans avant sa mort, il revint de tous ses égarements, il paya ses dettes, il abandonna à ses sœurs tout ce qui lui restoit de bien, moyennant une pension viagère de quatre mille livres, et se retira à Châlons-sur-Saône, le meilleur air, disoit-il, et le plus pur qui fût en France. Il y loua une petite maison, où il étoit visité de tous les honnêtes gens et surtout de Mgr l'Evêque, qui a rendu un bon témoignage de sa conduite. Il mourut en bon chrétien l'an 1674 (1). » Ce fut sans doute pour témoi-

____

(1) TITON DU TILLET.

gner de son retour à la foi chrétienne qu'il composa ce Sonnet :

Grand Dieu, tes jugements sont remplis d'équité,
Toujours tu prends plaisir à nous être propice;
Mais j'ai tant fait de mal que jamais ta bonté
Ne me pardonnera sans choquer ta justice.

Oui, mon Dieu, la grandeur de mon impiété
Ne laisse à ton pouvoir que le choix du supplice;
Ton intérêt s'oppose à ma félicité,
Et ta clémence même attend que je périsse.

Contente ton désir, puisqu'il t'est glorieux;
Offense-toi des pleurs qui coulent de mes yeux,
Tonne, frappe, il est temps, rends-moi guerre pour
              guerre.

J'adore, en périssant, la raison qui t'aigrit;
Mais dessus quel endroit tombera ton tonnerre
Qui ne soit tout couvert du sang de Jésus-Christ?

Malheureusement pour Desbarreaux, comme poète et comme chrétien, la paternité de ce Sonnet lui est fort contestée; La Monnoye doutait qu'il en fût l'auteur.

Voltaire, dans le *Siècle de Louis XIV*, le nie positivement, et attribue le Sonnet de la Pénitence à l'abbé de Lavau.

Mathurin Régnier, après avoir été, comme Desbarreaux, un libertin, fit aussi des Sonnets dévots sur la fin de sa vie. On les trouvera dans ses œuvres.

La splendeur du Sonnet s'éteignit en France avec le dix-septième siècle. Ronsard, Olivier de Magny lui avaient valu des honneurs royaux ; il avait, au temps de Voiture et de sa petite école, tourné toutes les têtes ; enfin la caricature s'en empara et marqua le premier terme de sa décadence. Scarron, le père de la poésie burlesque, dont la personne même était l'incarnation du genre, obtint un succès de ridicule avec ce Sonnet demeuré fameux sous le titre de *Sonnet comique :*

Superbes monuments de l'orgueil des humains,
Pyramides, tombeaux dont la vaine structure
A témoigné que l'art, par l'adresse des mains
Et l'assidu travail, peut vaincre la nature !

Vieux palais ruinés, chefs-d'œuvre des Romains,
Et les derniers efforts de leur architecture ;
Colysée ! où souvent ces peuples inhumains
De s'entr'assassiner se donnaient tablature ;

Par l'injure des ans vous êtes abolis,
Ou du moins la plupart vous êtes démolis :
Il n'est point de ciment que le temps ne dissoude.

Si vos marbres si durs ont senti son pouvoir,
Dois-je donc m'étonner qu'un méchant pourpoint noir,
Qui m'a duré deux ans, soit percé par le coude ?

Jean Regnard, le poète comique, a aussi composé un Sonnet burlesque, ou plutôt un *Sonnet gras* que je m'abstiendrai de citer.

En somme le Sonnet, comme le Rondeau, comme le Triolet et les autres exercices du rythme et de la rime sont un symptôme en histoire littéraire. On ne les trouve cultivés et florissants qu'aux époques de forte poésie où l'imagination des poètes s'inquiète également du sentiment et de la forme, de l'art et de la pensée. Aussi le XVIIIe siècle, époque de déclamation et de nonchalance poétique, a-t-il peu produit de Sonnets, si tant est qu'on y en trouve. Il semble que la langue poétique, travaillée pendant deux cents ans, éprouvât le besoin de se donner du relâche et de courir un peu à sa guise, pour reposer ses articulations fatiguées par le chevalet rhythmique.

Il est d'ailleurs à remarquer que dans tous les temps les Sonnets des grands poètes ont toujours été les plus réguliers et les plus irréprochables. Ainsi, au XVIe siècle, ceux de Ronsard, de Desportes, de Du Bellay ; au XVIIe, ceux de Corneille, de Régnier, de Malherbe.

La nouvelle école poétique qui s'ouvrit après 1827, curieuse de tout ce qui tenait au passé de notre histoire littéraire, devait naturellement rencontrer le Sonnet dans ses recherches et le revendiquer.

Quelques-uns des poètes de cette école

---

(1) Relire le Sonnet dédicatoire à la Reine-Mère, en tête de *Polyeucte*, qui est d'une correction magnifique. On a retrouvé dernièrement dans le *Recueil* de Godefroy, à la Bibliothèque impériale, un Sonnet inédit de Corneille. (Voy. *Athenæum français*, 2e année.)

en ont composé de fort beaux que tout le monde a lus.

Il est cependant à noter que les deux plus glorieux, MM. de Lamartine et Victor Hugo, n'ont fait ni l'un ni l'autre de Sonnets (1). Est-ce mépris d'une forme qui leur semblait puérilement tyrannique? Est-ce simplement une conséquence de leur première éducation littéraire? Dans tous les cas, le Sonnet a pour se consoler de ces dédains les noms des grands hommes qui l'ont cultivé : Dante, Pétrarque, Shakespeare, Corneille, Milton, Ronsard, etc.

M. Sainte-Beuve, qui a tenté d'être le Du Bellay du dix-neuvième siècle, a composé dans sa jeunesse un Sonnet apologétique où sont rassemblés les noms des poètes français et étrangers qui ont écrit des Sonnets. Je ne saurais trouver pour cet article une conclusion plus illustre (2) :

---

(1) On peut faire la même observation pour Racine, au **xviie** siècle.

(2) Ce Sonnet est imité de Woodsworth.

Ne ris point des Sonnets, ô critique moqueur !
Par amour autrefois en fit le grand Shakespeare ;
C'est sur ce luth heureux que Pétrarque soupire,
Et que Le Tasse aux fers soulage un peu son cœur ;

Camoëns de son exil abrége la longueur,
Car il chante en Sonnets l'amour et son empire ;
Dante aime cette fleur d'amour et la respire,
Et la mêle au cyprès qui ceint son front vainqueur.

Spencer s'en revenant de l'île des féeries,
Exhale en longs Sonnets ses tristesses chéries ;
Milton, chantant les siens, ranimait son regard.

Moi, je veux rajeunir le doux Sonnet en France :
Du Bellay le premier l'apporta de Florence,
Et l'on en sait plus d'un de notre vieux Ronsard.

Je remarque, en transcrivant ces derniers vers, que je n'ai pas cité un seul Sonnet de Ronsard, non plus que de Du Bellay, ni de Malherbe, qui en a fait d'excellents. En revanche, j'en ai rapporté un de Corneille. D'ailleurs, ce n'est pas une anthologie que j'ai voulu faire, mais une simple monographie.

J'aurais dû peut-être, pour n'omettre aucun rayon de cette apothéose du Sonnet, rappeler les récompenses fastueuses accordées à de certains Sonnets célèbres par de grands rois et de grands hommes : les 3,000 livres données à Achillini par Richelieu pour le Sonnet sur la prise de La Rochelle ; les 30,000 livres payées par Henri IV à Desportes pour les Sonnets de *Diane* et d'*Hippolyte*.

Mais ces largesses même, que prouvent-elles, sinon l'impossibilité radicale de récompenser dignement certaines choses ?

Les 3000 livres de Richelieu, les 30,000 livres de Henri IV ne sont pas une marque plus exacte de la valeur des vers de Desportes et d'Achillini que les 2000 livres de rente du duc de Longueville ne prouvent le mérite des vers de *La Pucelle* ; tout ce qu'elles prouvent, c'est que les beaux Sonnets, comme toute belle chose en ce monde, sont sans prix, et cette preuve, l'histoire nous la fournissait déjà dans les lettres de Balzac et de Ménage, et aussi par le souvenir qui s'est perpétué jusqu'à nous des Sonnets que j'ai rapportés.

INDEX

Des noms propres cités dans l'Histoire du Sonnet.

—

—